FONTAINE

L'INVENTEUR

DU

PARACHUTE DES MINEURS

POÈME

COURONNÉ PAR LA SOCIÉTÉ IMPÉRIALE DES LETTRES DE VALENCIENNES,

PAR

PAUL BLIER.

Prodesse.

VALENCIENNES.

TYPOGRAPHIE ET LITHOGRAPHIE DE ED. PRIGNET.

1861

FONTAINE.

FONTAINE

L'INVENTEUR

DU

PARACHUTE DES MINEURS

POËME

COURONNÉ PAR LA SOCIÉTÉ IMPÉRIALE DES LETTRES DE VALENCIENNES,

PAR

PAUL BLIER.

Prodesse.

VALENCIENNES,

IMPRIMERIE DE E. PRIGNET, RUE DE MONS, 11.

1861.

FONTAINE

I

Assez et trop longtemps du culte des Héros
    Nous avons subi le prestige ;
Haletant sous leur joug, meurtris, courbant le dos,
Assez et trop longtemps nos chants et nos bravos
    Ont encouragé leur vertige !

L'Histoire enfin proteste, et l'auguste Pitié
    S'émeut jusqu'au fond des entrailles,
Tandis que dans les flots d'un sang inexpié
      La Justice pousse du pié
      Tous ces semeurs de funérailles...

— Du bon droit désormais César est protecteur;
    Et ce soldat de Dieu, la France
S'arme contre les forts d'un fer libérateur,
      Qui remplit d'effroi l'oppresseur,
      Et les opprimés d'espérance.

La Gloire et la Vertu, grâce au Progrès vainqueur,
    Ont désormais fait alliance;
Et le Peuple, aux bienfaits mesurant la grandeur,
Adopte pour héros ceux qui, grands par le cœur,
      Sont grands par l'art ou la science.

II

Et le peuple a raison. Son bon sens justicier,
Tout en les dépouillant d'un éclat illusoire,
Aux conquérants fameux laisse une part de gloire ;
Mais il place avant eux, le front ceint d'olivier,
Le grand homme de bien qui vit dans sa mémoire.

C'est là de l'Avenir l'immortel Panthéon.
            — A ses portes toujours ouvertes
Se pressent l'inventeur, fier de ses découvertes,
L'artiste qui du Beau reflète un pur rayon
            Dans son âme austère et profonde,
Et le savant penché sur une abstraction
            Que le Progrès rendra féconde,
Et qui par lui jetée en circulation
Va, peut-être demain, renouveler le monde !

Oui ! voilà les héros de l'art et du savoir :
Mais l'homme qui, domptant la mort inassouvie,
Bienfaiteur et sauveur, du pauvre à bout d'espoir
Sait alléger les maux ou protéger la vie, —
C'est là le vrai héros, le héros du Devoir !

III

Muse des braves gens, ma compagne et ma Muse !
Je sais un obscur travailleur,
Au cœur ferme et vaillant, au bras qui ne refuse
Aucun péril, aucun labeur :
Inventeur patient, pour préserver ses frères
D'une chance de mort qu'ils affrontaient naguères,
Il a tendu sa volonté...
— C'était une œuvre sainte : aussi Dieu l'a bénie. —
Muse, chante avec moi l'artisan de génie,
Qui du pauvre mineur, menacé dans sa vie,
Assure la sécurité !

IV

La mine aux puits obscurs — gouffre opulent et sombre —
Pour ses noirs ouvriers a des périls sans nombre :
      C'est le feu grisou qui soudain
Se mêle à l'air, s'embrâse, éclate et les foudroie ;
C'est un bloc détaché qui s'écroule et les broie ;
Un torrent qui jaillit tout-à-coup, et les noie
      Submergés dans leur souterrain.

Mais la Science veille. Elle sonde, elle étaie
L'immense galerie où le mineur déblaie
      Son banc de houille inexploité ;
Pour conjurer du gaz l'explosion terrible,
Elle allume en ses mains la lampe inexplosible :
Tous les dangers dont l'homme est la proie ou la cible
      Sont prévus — un seul excepté.

Danger toujours présent d'une chute effroyable

Que subit le mineur, suspendu par un cable

    Au-dessus du gouffre béant !

Car ce cable d'acier, car cette corde neuve

Vainement la science en fit vingt fois l'épreuve :

Tout manque... — et mainte mère, hélas ! et mainte veuve

    Pleure un époux, pleure un enfant !

Eh bien ! l'affreux péril, ce péril de toute heure

Qui guettait l'ouvrier sortant de sa demeure,

    Ou se hâtant d'y revenir ;

Ce risque d'une mort imprévue et soudaine,

Menaçant dans son chef la famille incertaine, —

Grâce à toi cette angoisse, ô généreux FONTAINE !

    N'est plus pour nous qu'un souvenir !

Car tu l'as résolu l'insoluble problème

Qui semblait défier la science elle-même !

    Ton génie aidé par ton cœur

En résultats féconds a vaincu la science :

Et déjà (gloire pure ! auguste récompense !)

Deux cent trente ouvriers, sauvés du gouffre immense,

    T'acclament comme leur sauveur.

V

Il est simple et puissant l'appareil de Fontaine.
Ajusté sur la cage, où le mineur se tient,
C'est un ressort d'acier comprimé dans sa gaîne
Par le cable tendu, dont l'effort le maintient.

Le cable se rompt-il ? La tension qui cesse
Laisse agir le ressort : — soudain il se redresse,
Et fait des deux côtés jouer au même instant
Les bras de deux leviers, dont les griffes solides,
S'incrustant puissamment aux madriers des guides,
Retiennent suspendus sur les gouffres livides
　　　La cage et l'homme palpitant.

Que le lourd chariot s'enfonce sous la terre;
Qu'il émerge de l'ombre au grand jour amené :
Le cable, du fardeau qu'il soulève ou modère,
Produit, en se rompant, l'arrêt instantané.

VI

Je me souviens qu'un jour — l'appareil de Fontaine,
Récemment appliqué, fonctionnait à peine, —
De confuses clameurs et des cris déchirants
M'appelèrent au bord d'un puits, abîme sombre
Où se pressaient jetant de longs appels dans l'ombre
Des femmes qui pleuraient, des vieillards, des enfants.

Le cable qui flottait sinistre sur la mine
De ces pleurs douloureux dénonçait l'origine...
— Égarés, frémissants, ils se demandaient tous
Quels étaient les mineurs retombés à l'abîme ;
Chacun tremblait d'avoir à compter pour victime
Son fils, son père ou son époux.

Du nouvel appareil, dont maint témoin raconte
L'effet prodigieux, l'effroi ne tient plus compte :

En ce terrible instant qui ne douterait pas !

Le péril imminent défend toute espérance,

Et l'on se dit qu'il n'est, hélas ! de délivrance

Pour ces infortunés que dans un prompt trépas...

Cependant une benne est en hâte installée ;

Et d'un œil anxieux la foule désolée

La voit au gouffre sombre — où les siens sont restés —

Glisser et disparaître, ainsi qu'un plomb sous l'onde.

Tous se taisent glacés d'une angoisse profonde,

      Pâles, tremblants, épouvantés.

Hélas ! chaque minute ajoute à leur torture.

Tandis qu'ils sont penchés sur la noire ouverture,

Là-bas — au fond du puits — peut-être les mineurs

Sont, à ce même instant, livrés aux soins funèbres

De recueillir mourants ou morts dans les ténèbres

Ceux qu'avec désespoir nomment tout bas leurs cœurs...

— La benne de salut surgit enfin de l'ombre :

La voilà ! De ses flancs, les mineurs dont le nombre

Est maintenant doublé, sortent sains et dispos.

O surprise ! ô bonheur ! l'appareil de Fontaine
Sauvant ces malheureux d'une mort trop certaine,
    A fait de leur chute un repos !

« Ils ont, racontent-ils, sans en chercher la cause,
Subi l'arrêt soudain qu'à leur course on impose.
Aucun choc du danger ne les a prévenus :
Et c'est par leurs amis, pour eux pleins d'épouvante,
Qu'ils ont appris — tremblants — et leur chute effrayante
Et l'effrayant péril qu'ils n'avaient pas connus. »

VII

Cent fois renouvelé, cet heureux sauvetage
    Passe à présent inaperçu :
Mais l'appareil sauveur est partout en usage,
    Et c'est là le plus bel hommage
    Pour le grand cœur qui l'a conçu.

— Si d'un signe éclatant ta poitrine loyale
      Aujourd'hui s'orne avec bonheur ;
Si d'une Compagnie à la main libérale
      La reconnaissance royale
      Joint pour toi l'aisance à l'honneur ;

Si précieux qu'il soient, ces dons que l'on envie,
      Fontaine, tu n'y songeais pas !
A faire ton devoir tu consacras ta vie, —
      Et de la Mort inassouvie
      Vaillant lutteur tu triomphas !

C'est là le noble espoir qui doublait ton courage ;
      Voilà le but de tes efforts !...
Tu fais le bien, Fontaine : et fier du témoignage
      Qu'à ta vertu rend ton ouvrage,
      Tu marches fort parmi les forts.

Tu fais le bien d'instinct : et pourvu qu'une mère,
      Emue et pâle encor d'effroi,
En embrassant le fils soutien de sa misère,
      Bénisse ton nom tutélaire,
      Fontaine, — c'est assez pour toi !

Mais d'accord avec nous pour adopter ta gloire,

l'Avenir la proclamera ;

Et non loin de Jenner l'impartiale histoire,

Consacrant un jour ta mémoire,

Près de Davy te placera.

FIN.

Du même auteur :

MIGNON, poème (quelques exemplaires seulement). . 3 f.

Sous presse :

POÉSIES (*Liv.* I Reflets et lueurs. *Liv.* II Excelsior).
Le PARTHÉNON, poème.